KB056129

다들 컹컹 웃음을 짖었다

김지명
2013년 『매일신문』 신춘문예를 통해 시인으로 등단했다.
시집 『쇼펜하우어 필경사』 『다들 컹컹 웃음을 짖었다』를 썼다.

파란시선 0080 다들 컹컹 웃음을 짖었다

1판 1쇄 펴낸날 2021년 6월 15일
지은이 김지명
디자인 최선영
인쇄인 (주)두경 정지오
펴낸이 채상우
펴낸곳 (주)함께하는출판그룹파란
등록번호 제2015-000068호
등록일자 2015년 9월 15일
주소 (10387) 경기도 고양시 일산서구 중앙로 1455 대우시티프라자 B1 202호
전화 031-919-4288
팩스 031-919-4287
모바일팩스 0504-441-3439
이메일 bookparan2015@hanmail.net

ⓒ 김지명, 2021, printed in Seoul, Korea

ISBN 979-11-87756-95-8 03810

값 10,000원

•이 책 내용의 전부 또는 일부를 재사용하려면 반드시 저작권자와 (주)함께하는출판
 그룹파란 양측의 동의를 받아야 합니다.
•잘못된 책은 바꾸어 드립니다.
•지은이와의 협의 하에 인지는 생략합니다.

다들 컹컹 웃음을 짖었다

김지명 시집

시인의 말

유일한 당신이 나를 본 순간
나는 생략되었다.

도착하지 않을 시작
가능한 나를 보았다.

차례

해설

제1부

블루 플래닛

수천 오리 떼가 바다를 점령합니다 행성호가 난파와 애인 놀이 하다 낳은 성마름의 자리입니다 한자리에 모였다 흩어지는 모습은 마른 꽃잎이 물에 잠겼다 피어나 장난 같아 보입니다 바다는 뿔뿔이 혼자를 만듭니다 장난감이 아니었다면 노랑 오리는 가라앉아 날개와 다리가 부식되고 산호가 되었을 것입니다 노랗거나 파란 물고기들이 종족의 냄새를 찾아 주위를 배회했을 것입니다 스노클링하는 사람들이 빵을 던져 주어 외로움은 산호 속에서 아름답다는 말로 빛날 것입니다 바다 꿈속을 그대로 둔 채 빠져나온 노랑 오리는 여기를 둔 채 저곳으로 떠납니다 눈을 뜨고 떠나도 아일랜드 연안의 사랑받을 예감에 닿지 않습니다 나는 내 이름에 닿지 않습니다

자주색 가방

—

내가 사는 곳은 아주 작아
길을 잃어버릴 수 없는데
난민의 자세로 앉아 있습니다

직각을 사랑했습니다
밟지도 밟히지도 않으려
헤르메스 지팡이를 매달았습니다

싸움 없는 싸움 놀이 없는 놀이 속에서
끊는점 없는 억양으로
서류나 도시락 필기구는 나란했습니다

서류 대신 뒷담화 표정을 집어넣고
도시락 대신 참회 없는 지갑을 집어넣고
궁금해 환장해 할 지퍼를 달았습니다

나를 포장한 세계는 유효기간을 적지 않아
사인하는 손들이 얼굴을 차용하기도 했습니다

—

얼마나 많은 골목이 등장한 건지

얼마나 많은 손이 등장한 건지

등 뒤를 돌아보지 않고
배불리 모퉁이를 돌았습니다

내가 사는 곳은 아주 작아
직각을 넘어서면 바닥입니다

뜻밖의 나무 한 그루 신목처럼 자라도록
지팡이 꽂아 두었지만
나는 왕으로 태어난 비참이었습니다

내가 사는 마을의 둘레만큼 죄책감이 무성해지면
옆구리 터진 인물들
육신인지 시신인지
도무지 유배된 얼굴입니다

웃음 받아쓰기

—

계속 쓰고 있었다
밤새 뛰어내린 도둑눈처럼
생각이 많은 몸을

덩치 큰 이름은
덩치 큰 이름을 꾹꾹 눌렀다
온 세계가 쪼그라들 것을 강요해
소년은 어디서나
대역죄인이었다

좋은 냄새나네?
훅 찌르고 버린 말 속에서
웃는다
뚱뚱함을 연기하는 비만인처럼
그림자를 만들지 않는 유리창처럼
웃는다

선입견은 아무도 소년을 구하지 않아 구원 없는 숫눈길
을 소년은 걸었다

—

어떡하지? 남아도는 하루를
초조가 소년을 선택해 베개로 삼지만
소년의 배꼽에 웃음이 살아

애들보다 더 크게 소년은 소년을 비웃었다
다들 좋아라 컹컹 웃음을 짖었다
비웃음 소리로 연합하는 우리

처음에는 지나가는 소낙눈 웃음이라 여겼다
애들은 전천후 360도의 함박눈 웃음으로 소년을 에웠다

눈이 그쳐
부서져 오는 햇빛 권속 안
보건실까지 따라와
같이 가? 실실거리던 위선을
원고지는
쓰고 있었다

소년을 산책하는 악령들이
칸칸이 하얘질 때까지

버진로드

내가 할 수 있는 건
버진로드까지 따라가 보는 것

날씨가 단풍나무 뼈를 만지고
길양이가 연인을 따라 숟가락을 들고 나서는
숲속 야외 예식장

흰나비 한 마리 언덕을 오른다
영혼까지 젖은 멜로를 보여 주겠다는 태도로
시들한
천일홍에 앉았다 족두리꽃에 앉아 있는

엄마를 본 것 같다
시간이 메이플 시럽처럼 졸여진
시집 안 간 엄마를 본 것 같다

멜로가 먼저 와 해안선을 펼치자
연초 하나쯤 말아 피우며
해변의 발라드풍 속도를 걸었을 두 사람
풍경이 아빠를 데리고

바다로 가 버렸다

엄마를 본 것 같다
잠시 히비스커스 차를 마신 후 고양이 물루반에 들어가는
시집 못 간 엄마를 본 것 같다

영하의 벽을 넘어온
흰나비 꽃길 주단에 멈췄다
나무들은 촛불로 서서 혼배성사를 보고
노랑 빨강 주홍 이파리가 화동으로 나섰다
바람이 궁금증으로 뒷말을 속닥거려도
앳된 엄마
손수건이 작아 흥건한 눈물을 닦을 수 없다

엄마가 맘껏 옛날이어도 좋은
그날 초대장 안으로 들어가
빛을 업은 그림자를 걷는다
그림자에서 내가 새어 나온다

황화식물

가만히 있어도 쑥쑥 자라요
머리, 손과 발은 장착이란 말을 빌려 쓸게요
아무것도 할 게 없어요
집사와 보모가 알아서 척척
루나의 대답 없는 달 속으로 걸어가
노르웨이 숲 고양이처럼 음악을 듣거나
TV를 보고 뱃심 기를 단전 운동을 해요
언제나 그랬듯
말할 줄 모르는 서류에게 말하고 나면
표정 없는 얼굴에 화내고 나면
내 왕정은 튼튼해져요
미리 보기 화면을 보면
턱없이 모자라는 산야와 양 떼들에 대해
21세기 집사는
말뚝을 지우고
국경선을 지우고
검정 두건을 머리 위에 씌어요
복면이 최근 텍스트라는 듯
함부로 건널 수 없는 해자가 사천왕이라고
몇 백의 근위병보다 나은 신복이라고 맹세를 해요

빛을 보고 촛불을 보면 질릴 거라고요?

꿈 깨세요

얼굴에 다트가 꽂혀도

심장에 구멍이 나도

어리석은 빛은 바람에 밀리는 별자리들

한 계절에 피어나 시간이 말라 가면 사라질

별 무리 무덤들

허공을 걷지 않아도 품위를 유지할 수 있는

귀 기울기의 첫 장

물만 먹고 살아요

세상을 향한 광합성은 실내 안테나가 있잖아요

걱정 마세요

복면으로 오랫동안 연기해 먹겠습니다

한창 연습에 매몰된

촛불 든 어린 양들은 내 커튼콜 무대를 완성 중입니다

스프링

지금이 오고 지금이 가는 수작을
우리는 아라크네라고 말했다

바람을 건너 계절과 계절 사이에 걸린
죽은 꽃잎들의 기억에 망각이 출루한다

우리를 다녀간 벚꽃의 말과 허기와 눈빛이
깨끗이 없던 걸로 해요 떨어져 내리던 그날 밤을

삐뚤어진 말과 쪼가리 감정은 북쪽으로 떠났다

공중을 아는 꽃잎들을 모아 순백을 시침한다
나무가 불러 주는 꽃 이름 하나씩을 꿰어 수의를 완성
한다

보여 주고 싶은 게 많아 볼멘 왜?를 묶고 뭐야?를 묶는
스프링

한쪽으로 치우친 집념이 낙오보다 위험하다고
이른 아침부터 물까치는 누에잠을 깨우고

어쩌다 잘못 겨눈 방아쇠에 핀 꽃을
그리움이라 말하는

삼백예순날 풍랑몽으로 살던 신성

눈 감으면 햇심장 박동에 등 떠밀리는 아라크네를
우리는 스프링이라고 했다

웅크린 추억까지 스무 살로 건져 내
만장일치로 수작을 부리는 봄, 만우절 같은

봉쇄 복음

—

이곳은 이교도가 거주하는 곳

지나가는 사람에게 몇 개의 호의를 당주로 세워

대문이 열려 있는 해안 마을

대기에 흐르는 보이지 않는 전선이

집과 마을을 우리가 되도록 묶고 있습니다

삼월이 굴풋한 산양 떼가 내려왔습니다

목가적 울음이

오르메 기슭에서 차오를 때

매일 죽는 바이러스는

사람들 입에서 손으로 계속 태어났습니다

—

우리의 약속은 우리를 소원하기

종이 울리면

흔들리는 촛불 아래 꽉 쥔 주먹은 위대한 포기를 기원
하는 걸까

텅 빈 마을 점령한 산양들은

보안관처럼 차고와 축사를 점검하며

유채꽃을 뜯어 먹다 잔디에 눕습니다

한 번도 우리에 갇힌 적 없고 구걸한 적 없는 뿔로

불려 나간 영혼이 산책하는 표정입니다

마을은 구체적이지 않습니다

짐북을 초대하고 우리 안에 넣어 구슬리고

햇빛 이불 끌어안고 잠든 산양들 사이

기침하는 관(管)을 싣고 앰뷸런스가 골목을 빠져나가는

공소가 된 마을의 괴괴

질책이 필요한데 기도가 더 필요한 우리는 불어나고 있
습니다

봉쇄 복음이 퍼져 가고 있습니다

아침이 슬픔을 꺼내 든 이유

깃털이 떨어져 있다 밤의 겨를이 떨어져 있다 잉크 찍어 편지 쓰던 깃털이 모자 쓴 추장이 되는 깃털이 떨어져 있다 빛이 떨어지자 어둠이 두루마리로 감겨 겹을 더한 겹 속 내용증명에는 파란 눈의 살쾡이가 야행성 하루를 시작했을 것이다 수목원에서 울던 새들은 내일에 쓸 필터를 교체하러 둥지로 가고 나무는 떨어지는 고요로 천 개의 이파리 눈을 닦고 있었을 게다 어둠은 소박해 누구에게나 도착하고 누구에게나 도착하지 않을지 모른다 조등 같은 모과가 간신히 어둠을 말릴 뿐 잠에 빠진 세상에는 곁이 없다 모과가 여기저기 떨어져 있다 깃털 하나 깃털 둘의 묘비가 안녕 안녕 떨어져 있다 나무는 새가 반려한 깃털에 대해 어젯밤 아르고스의 눈을 반환한 기억에 대해 설명이 필요하다 총 가진 야생이 새를 몰고 갔다 처참이 팔딱거릴 새가슴 볼 겨를도 없이

아마랜드

—

이곳을 떠난 적 없이
이곳에 속한 적도 없이
회전목마를 탔다고 했다

선택받지 못한 순간에도
떠밀려 어울린 공간에도
불가능한 램프는 가로등처럼 켜져 있었다

익숙한 뒤통수 얼굴을 따라가 보면
백야 같은 감정들을 볼 수 있다고 했다

꿈꾸는 바보처럼
목마는 하루치 분위기를 먹고 산다고 했다
어설프고 들뜬 색깔은 나의 기후구라고 했다
물먹은 구름이 바람을 만나면
실시간 어떤 현실을 쏟아 낼지
입장을 대변할 펜촉은 있는지

버려진 밥통이었다가 음식을 기다리는 젓가락이었다가
— 이어진 행진곡으로 목마는 달린다고 했다

목마는 멀리서 보면 앞으로 전진하고 있을 것
화분 안의 개미는 화분 밖의 세상을 몰라도
진딧물 목장 차려 놓고 휘파람 부는 것처럼
그렇게 흘러가 보는 일이라고 했다

봄이 정거장을 만났을 때 꽁꽁 얼어 있었다
가을이 정거장에 내렸을 때 만각의 더위를 씻고 있었다

좋아하는 말들이 달아났다
입을 열어도 말이 나오지 않았다

말의 길을 벗어난 해찰이
너에게 가까워지는 방식

목마는 아마도가 기항지라고 했다
연일 실측하고
연일 실축하는

반달의 화법

맞바꾼 얼굴이 똑같은
반달은 서로를 잉여라고 했다
나이를 먹지 않는 생각이
앙상한 이야기를 둘둘 말고 있었다
그날 이후 쉰세 마리 양들은
고목 앞 양편으로 나뉘어
목례를 했다
생각해 주는 말투로
알람으로 목소리 저장해 둘까?

바람과 이파리 부딪쳐 쌈꾼처럼 말을 건네지만
오래 같이 먹는 동네 공기에
서로는 젖고 서로는 젖지 않았다
나는 달을 감아 당신을 풀고
당신은 달을 풀어 나를 감는

상현은 머나먼 진술로 기밀을 담보했다
힘들어를 괜찮아로 발음하는
자간(字間)의 웃음
밤낮 인생은 그래 그래? 화법

하던 말을 끄고 잠든 마을 보며
볼 게 참 많다?
세상에서 빌린 말을 던지며 별똥별이 사라졌다
먹장구름이 반달을 뱉어 놓으면
편파는 하현에서 미끄러졌다

동백 나팔수

맞춤이 있다
부침을 가려내는 맞흥정이 있다
꿈속을 다녀온 잠이
빨강 블록 밖을 걸어간 성마름의 자리

동백은 더운 가슴을 오려 동박새를 잊는 습속이 있다

거미가 가지에 손가락을 걸고 실뜨기를 하는 동안
바람이 풍등처럼 엉덩이를 쳐올리는 동안
동백은 난전처럼 피어
나를 기념해야 하는데
심장이 말려들면 안 되는데
사랑해 계단 여섯 번째 동백이 그만

땅에 내려올 줄 몰라, 윗전들의 놀이터에서 눈치껏 설
레발 비행하는, 밥그릇이 위험하면 떼로 몰려가 항전을 즐
기는 숲속 수다쟁이, 직박구리와 살림을 차린

최후의 만찬은 난간이었다
미끌, 떨어지기에 안성맞춤이었다

어린 열병이 죽고 어린 구원이 죽은
선택이 빛나는 순간이었다
노을이 떠난 동백의 빈 무릎에 누우면
귀 얇은 슬픔은 목이 긴 악기가 필요할 때
한번 불어 봐도 돼?
기념하고 싶어
먼 지평선을 잃고 동백 마당에 닿았다
오늘의 운세를 타고 노는
나팔은 언제나 옳았다

사바나 주의보

우기의 강을 건너는 초식동물이라고 말하자
흙탕물 재우고 눈을 감는 악어가 보인다

물낯에 비친 체면이 주름져 말이 아니다
얼굴 없는 궁리가 수면 아래 깊다

그림자 여럿이라 포획이 어렵고
그림자 하나지만 포식자라 두려운

서로가 짜 놓은 각본에
비는 호위무사로 붙들려 있다

앙상한 궁리일수록 근막에 살아
안부는 강물로 흘러 피밭이 모래톱이 되고

하늘 공기와 친한 기린을 보고 싶다면
식전과 식후 없이 주문한 잠에 들고 싶다면

궁리와 멀어져 궁리를 유기해 보는 거
운명은 아무도 몰라 편주에 몸을 실어 보는 거

야생이 실려 온 들것에는

길들지 못한 현재가 저녁을 선점하고 있다

제2부

굴뚝 청소부

머리에서 연기가 났다

굴뚝새가 안녕 침입하고
유리새가 안녕 망보기하고
파랑새가 안녕 참견하는

안녕이 쿵쿵 안녕을 맡으며 나를 노래했다
데시벨 지도를 펼쳐 놓은 귓속으로
날 좋아하지? 후투티가 추장처럼 등장했다

둥지가 되는 연습이 없었는데
나뭇가지의 정글짐 놀이터도 없었는데
머리 굴뚝은 새들의 정원이 되었다

검댕이 숲이군
대걸레가 필요해

새들은 굴뚝 청소 놀이를 발명하고
생각만 굴뚝 같은 내 비밀을 발견하고

비밀을 쪼아 하늘 아래 누구와 연통하며
새들은 내 행세를 감행한다

쉿,
바람이 먼 소리개를 마중 나갔을 때
난로 연통이 운다 간헐적으로

화구를 활짝 열어 휘이휘이 쫓아내도
모르는 새는
마음 부칠 난민 신청이란다
내 어둠 속이 파랑이란다

한밤이면 무수한 새 발자국을 닦아 냈는데
비 오면 다그쳐 새 노래를 심문했는데

안녕을 노래하고 싶어
깃대종은 바라지 않아

불행이 자꾸 우리를 따라온다고 말한다
우리가 엉겁결에 불운을 따라간다고 말한다

새들은 제 이름을 부르지 않고 운다

천사는 후회를 모른다

—간벌

나무가 나무 밖으로 몰두한다
아이가 아이 밖으로 가출한다

나무가 아이를 넘보다 나무를 스치고 만다
아이가 나무를 만지작거리다 얼굴을 놓치고 만다

종알대는 아이와는 반대편이라 좋은 나무
활개 치는 나무와는 반대편이라 좋은 아이

호의는 눈을 짚어 맴도는데
말하기도 전에 두 손이 먼저 착해지는데

남의 생각을 내 생각처럼 지우고 마는
기울어진 지구에서는

쉽게 세상에 편입되지 못해
맑은 날에도 흐린 날에도 못 자라
해를 놓치고 달을 놓치고
풀꽃과 가시덩굴과 친해 못 자란
나무, 아이

초록을 먹어 치운 그늘이
엄마를 먹어 치운 소문이
악의 없이도
덜 자란 사연을 골라내고 있다

사랑이 처방전이라고 말하지만
홀로 눈을 반짝이는 어린 슬픔을 보세요
천진하다는 것은 대범한 일

바람에 걸어 두어야 할 약속도 모르는
켜켜이 쌓아 두어야 할 후회도 모르는
잘 개켜진 오후 두 시 속으로

엄마를 솎아 낸 겨울이 천진불을 끌고 간다

중얼거리는 생각

—

처음부터 그녀는
청유형 물방울로 똑똑 떨어뜨렸다
놀이기구처럼 싱싱
떨어져 다음 다음 월요일에 닿았다

어느 날
녹이 슨 수문을 누군가가 두드렸다
물 좀 주세요 생각 몇 방울만 주세요

그녀의 발밑에는
비행운을 따라가던 생각들이
쇳가루로 흩날리고 있었다

봄이 가장 길어질 때
호기심은 공처럼 아무 데나 굴러
생각 없이 골목을 데리고 떠났다

여름이 가장 길어질 때
베란다 식물처럼 창으로 머리 두는 굴성으로
옆구리가 닳아져 버렸다

쓸모없는 것이 쓸모 있다는 것을 아는 동안
한쪽으로 기운 굴성을 펴느라
그녀는 봄여름가을겨울 생각을 모두 써 버렸다

비가 쏟아졌다
흥건하게
물덤벙 끼어든 화요일

소녀야 울어도 된단다

누구라도 생각은
고장 날 수 있어

어쩌다 미어캣

조심은 태초에 파수병이었다 실패한 파수병이었다

해바라기로 서서 병정놀이를 한다 멀리서 달려오는 당신 신발이 미끄러지지 않도록 침묵의 하얀 천을 깔고 웃음에 각이 서는 아침 쪽에 서서

교리가 있는 것도 아닌데 매일 조심은 병정놀이를 한다 폭식의 근성으로 목구멍을 채우도록 여기 보세요 당신이 낳은 짐승이에요 간절한 눈빛이 살아 있는 쪽에서
눈이 와서 하루쯤 걸러도 되지만 조심은 병정놀이를 한다 작은 조심들이 배가 고플까 봐 어제 받지 못한 답을 들을까 봐 엄마 마음으로 깨끼발로 서서 아빠 자세로 꼿꼿이 서서 담이 없는 사육장 쪽에서

그림자조차 보이지 않는데 병정놀이를 한다 천 리 너머 먹구름 위를 걷는 당신의 양말에 코를 박고 떼를 쓴다 내 고향은 어디냐고 내 집은 왜 땅굴이냐고

그런데도 믿는다고 병정놀이를 한다 믿음이 뿌리내려 모스크 지붕을 올렸다 뿌리가 칭칭 감아 올라 지붕은 호

44

흡이 곤란하다 아교질처럼 끈적한 믿음은 얼마나 물성이
깊은가

　조마조마 병정놀이를 한다 불안이 조심을 공중으로 들
어 올리고 조심은 불안을 타고 내려와 공기보다 가볍게
다른 공중으로 엉덩이를 이동한다 노을이 흩어지는 사
원 저쪽으로

　큰 바위가 울어 모래알로 부서져 내릴 동안 천사 소리
인지 악마 소리인지 모를 당신의 말씀을 내버렸던 쪽으
로 서서

누수

—

그때부터
거추장스런 물병이었을까

악수를 했다
차가웠다
오랫동안 식었듯
혼자 힘으로 내부 체온을 회복하기 힘든

무기 근로 일터에서
물을 담으면 물병으로
기름을 담으면 기름병으로
몸속이 다 보이는 유령 물고기로
몸을 팔았다

두 손으로 막아 둔 일이 터지자
사정은 생략되고
실수를 따라온 현장에 부메랑이 찾아왔다

잠자는 기억에는 구멍이 있고 구멍 안에는 얼룩 벌레
들이 있고 얼룩 벌레들은 얼룩 똥으로 나를 싸질러 놓고

얼룩 똥은 침묵하는 내 열심은 없고 지린 것만 다 보이는

출렁이는 물속에서 일하고
출렁이는 물속에서 부패하고
출렁이는 물속에서 부활하는
물병자리
수신호는 세계 밖으로 거래되었다

결벽은 색을 칠한 얼굴이었다
내 몫이지
하면 덜 미워지겠지
그래도 믿음은 방울방울 새고
당신이 준비한 폭언으로 물병은 샌다

모든 추정은 기각되어야 해요
부메랑은 당신도 안아 줄 것이다

사랑이 다녀갔다

간유리 창은 바깥을 물고 울고 있다
간유리 창은 안을 물고 묻고 있다

사소한 말썽을 집까지 데려왔다
거실에 식탁에 침대에 기생하는 당신
힘껏 안아도 겨우 나를 안고 있는 밤

잘못했나 봐

젖은 온도로
아침은 창을 두드리고 서 있다
구름 가죽 재킷을 입고
당단풍나무 얼굴까지 인출해
모르는 감정까지 발아래 깔아 놓고는

소파에 쪼그려 앉아 있던
밤이 아침에게
이제 왔어?
투정의 기운이 동쪽 유리 벽에 붉게 번지는

바깥 공기와 안의 공기가 겨우 두 손을 맞잡듯
당신의 기류와 내 기류가 만나면 유리창엔 물방울
악의 없이도 체감온도는 편치 않아

가깝고도 먼 밤과 아침은
진지한 재이거나 진지한 불

바깥을 물고 있는 나의 밤은 여러 장
안을 물고 있는 당신의 아침도 여러 장
겨울로 가는 천정이 다소 높아질 거라는
선의적인 날씨 예보에 매달려 방전되는 우리

물고 있는 것 맞아?
안았다 놓아 버리는 간유리 사이 우리

아침이 다녀갔다

나 홀로 공작소

노출된 파수꾼의 자세로

새 한 마리 나무 꼭대기에 앉아 비를 맞고 있다

어제는
떼로 몰려와 방앗간의 정보를 조잘대는 새들에게
끄덕끄덕 프로페셔널 미소를 건넸을 거다

하늘은 새를 어르기 위해 얼마간 비를 내려 줘야 할 것
같다

가족에서 시작해
동료랑 애인이랑
쉬는 날이면 기념일이면
좋은 시간을 나누는
가장 가까운 타인들
배려 가득한 호기심의 굴레방다리에서

세상의 빈터에 골몰하는 새는
낮과 밤을 구분하는 울음도 없이 시시콜콜 시럽의 말을

뻥튀기 시립의 말을 딸꾹질로 토해 내고 있다 젖은 모퉁
이를 사방 늘려 가고 있다

    스크럼 짜던 광장의 목청을 뒤엎고 나온 걸까
    숲을 남의 마을 종루처럼 보며

    암막 커튼 안에 큰 새가 숨어 있는 속으로
    훔친 애벌레의 맛있는 이야기 속으로
    함께 만들어 가요 노랫말 속으로
    서서히 걸어나가 길을 지우는 성사를 보고 있다

    파란만장의 맨 마지막 표정이 고요하듯
    빗방울은 여행하는 새를 품어 혼자를 낳았다

두근두근 수업

아이는 도끼
고분고분한

아이와 바나나
겁을 먹고 있다

아무도 없는 방 안
처분을 바라보며
드잡이하는 서로의 시선

달고 잘 벗겨지는 바나나
한 손에 잡히는 바나나

침만 꿀꺽 삼키고 나면
참 잘했어요
선생님 목소리가 윙윙
언제라도 도끼가 될 손은
방을 뒤지는 척

마음은 혼자 떨어져 잘도 논다

아이 손이 움직일 때마다
기겁으로 몸가짐을 바꿀 수 없다
반점이 별처럼 생겨나도
바나나는 무방비 상태

아이와 바나나
모두 자기 자신으로 돌아갈 마음이 생기면

공격할 거리와 방어할 거리
안과 겉이 똑같은
선전과 선방
노란 겁박의 눈동자는 지나가고

바나나는 숨어 있는 반점까지 총총

아이와 바나나는 겁을 잊어버린 도끼

허들링

—

　　해와 달은 월동하러 떠났다

　　생각 없이 자전하듯
　　염력으로 공전하듯

　　나를 한 계절 시연으로 보여 줄게
　　군소 섬의 황제인 나는 빙벽을 밀고 원무를 시작하지
　　내리는 눈에 아침은 북극곰 마중하러 간 지 오래
　　해가 없는 춤이란
　　세계를 잠시 잊어버리는 것
　　속속 바람구멍이지만
　　속속 바람구멍이 보이지 않는
　　그래도 정적만이 한 명씩 이름을 호명해 주는 온난화가
있지

　　빙빙 돌다 보면
　　등이 벽이 되고 등이 방이 되고 나면
　　수개월 전에 박힌 태양의 파편이
　　혈류 속으로 흘러
—　　순둥아 네가 희망이다

이웃은 너를 감싸 줄 강보란다

지극한 세계는 알주머니에서 태어나고 있다

잠깐 졸았나? 상상만으로 아빠가 되려는 황제가 병든
춤을 추고 있네 크릴새우가 바다표범의 발을 꼭 깨물어도
모를 기별의 춤을 추고 있어 아무나 어깨를 툭 쳐도 모를
몸치의 춤을 묵묵히

암야를 백야처럼 서서 꿈이 얼어도
싱싱한 노래가 태어날 때까지
극지의 하늘을 전속력으로 가열하는
그런 춤

아무 말 없는 말 뒤에서 뜨거운 서사를 쓰는
황제펭귄은 지금 어릴 적 조상에게 빚을 갚고 있지
녹아내리지 않는
춤으로

●순둥이: 포항 시진 때 주위 노움으로 대피소에서 태어난 아이.

당분간 박쥐

아무도 믿을 수 없는 날개가 있다
지구의 나뭇가지들 사이 아침이 오는 방향으로 의자를
놓는다

먼지 앉을 틈도 없이 글자를 오래 파먹는 마법이 밥그릇
이 되는 천국
세상 홀대의 눈물이 생활의 밑간이 되는 나날

폐부에 맹독의 말을 건네며
귓바퀴를 걸어오는 입술이 있다

누구야? 머리채를 끌고 공원으로 데려온 사람?

낮달이 식어 떠 있듯
암체도 꽃처럼 붉은 냄새로 떠다니는 여기

꽃말에 자기를 이입하기 좋아하는 사람들

나를 좀 봐
발광의 시간이야

공중으로 꽃말을 터트려야지

몇 년째 연애에 대한 백신을 맞아
드라이플라워처럼
침묵을 사수 중이다
당분간

당분간은
저기 연못에 사는 물고기들을 이미 죽여 버렸는지 모른다
어디에도 이름 붙일 수 없을지 모른다

모과 생각

힘들어 말을 들으면
멍하니 앉아 뭔가 뒤적거리다 사라지는 네가 보인다
폐를 채운 연기로 행색을 가리려 했을지 모른다
너는 뜬금없이 찾아와 초인종을 누른다
빼앗긴 이름과 놓쳐 버린 이름을 외우며
나쁘지 않아
체념이 두엄에 앉으면 고백이 시작될 거야
상한 기억을 흔들어 관능에 녹이면 봄이 온다는 생각
강에서 고래를 만나는 방식이지
호기심은 분기공 같아
빨리 웃고 빨리 울다 노래진 얼굴
파란 만남과 퍼런 만남이 익어 만들어지는 맛은 어떨까
미는 힘과 밀리는 힘의 내부에서 얼마나 암투가 쟁쟁
할까
익은 과일을 보며 첫 키스가 숨어 있는 사람을 상상한다
뜨거운 한마디를 번역하면
싫은 색이 없고 부족할 향기가 없어
아무도 들을 수 없는 범람원
더 많이 모호하지 않을 때까지
더 많이 평평하지 않을 때까지

움직이는 믿음이 달처럼 떠오른다
수천 번의 변명처럼
자꾸 태어나는 모난 표정들
세상 깊숙한 쪽을 노랗게 구멍 내는
밤이 위탁한 집사

벌거벗은 요리사

엄마는 엄마라서 얼만큼 대가를 치를까
머리 위에 구름을 이고 먼 곳을 지키던
백합이 장맛비를 만났다
초록색 이파리들 입술 모아
어떤 말을 옮길까

오늘의 모눈 속으로 들어가면 식단을 짜고 밑간을 보고 불결의 포자가 날지 못하도록 한 칸 모눈종이 안에 가득한 엄마 손발

조갯살처럼 약하고 부드러운 엄마
볼 빨개지는 아이의 눈치 옆자리
아이는 자라고
엄마의 앞이고 엄마의 뒤로 자라고
손 마를 새 없는 엄마를 발굴하고

아이의 합창 경연이 있던 날
여러 개의 음이 촛불 든 소리로 날아오르는 사이
아이의 독창이 조도 낮은 천장을 치고 내릴 때
내 편이 되어 준 신에게 엄마는 물개 박수를 보냈다

너는 특별해
특별은 싫어
엄마는 한국인이잖아

처음엔 급식실 애들의 반찬 투정으로 들렸다

아이가 눈 밖으로 미끄러져 나가
생판 다른 목소리를 들려줄 때
엄마 세상은 정전

짝꿍이 동남아 촌놈이라고 했어
아빠는 공부하러 온 학생이었어

나쁜 예감은 묘지처럼 불어나
덥수룩 다른 사랑으로 걸어나가고

무지개에 검은색이 없어서 좋아
반원이라서 더욱 좋아

모눈 속 엄마의
뼈와 한 살이 된 오늘의 숙소
눈뜨자 장맛비 맞는 백합처럼
어디에도 없는 비옷
엄마라는 성체

●김애란의 「가리는 손」을 읽고.

제3부

천사의 몫

목련이 신부를 입고 입장하면
나무가 출렁이는 장기들을 꽃으로 꺼냈다
두 손 모아 당신에게 응답하는 촛불
하루를 데치고 볶고 끓였던
하얀 포스트잇 인연들이
언제나 아이처럼 웃어라 노래해라
이파리 하나 없는 무대에 이파리로 팔랑거리고
먼 데 있는 추운 생각들이 모세혈관처럼 뻗어 간다
순간이 탕진에 가까울까 봐
눈이 내린다 하객처럼
예장을 갖춘 촛불 앞 신부에게 촛농처럼 떨어진다
신부의 순수한 눈빛이 과오가 된 듯 눈이 내린다
멈추지 않을 산책을 외면하는 기상쯤으로 읽을까
천사에게 선악의 분별보다 귀한 게 목걸이에 새겨진 글씨
사랑노동자로 살래요
환호와 뒷짐 속으로 퇴장하는 천사의 홍얼홍얼
엔딩 크레딧

얼어 있는 말들을 위한 시간

—

모자랄 게 없어 눈 밖을 몰랐다

초원은 어디든 빈집이었지만
눈에 불을 켰다 끄고 마는 풋풋한 마을이었다

푸르름으로 인심을 얻고 잃었지만
서두르지 않는 보행법은
쓸쓸함이 놀다 갈 등걸을 마련하는 것
빈 옆구리로 쏟아져 내릴 추억을 앓고 있는 것

익숙한 밤낮이 잘 숙성되었지만
먹지 않을 풀은 건드리지 않는
약시의 코뿔소

아무도 이상 기온을 말해 주지 않았지만
초원에 이만 년 만에 폭설이 내렸다 한다

폭설은 처음 보는 먼지라서 괘념치 않았지만
차가움의 촉감이 풀 가시처럼 박혔다 한다

—

몸에 살지 않는 차가움으로 미쳐 날뛰었지만
이웃들 점호하듯 폭설이 짓밟고 갔다 한다

웅크린 이웃이 짧은 다리로 헤쳐 나가려 했지만
야크처럼 털이 없어 추위를 내치지 못했다 한다

추위는 정지된 세상으로 초원을 정복하려 했지만
사방 비명의 나팔 소리로 눈발은 머뭇거렸다 한다

비명은 몸에서 분리된 뿔로 천명을 다하려 했지만
진군하는 폭설에 백기를 들었다 한다

백기 든 태양도 초원도 지평선도 얼음이 되어
코뿔소는 미라가 되었다 한다

도망자로 살아 봤다면 먼 근친들이 훗날을 걷고 있음을
알았다면 경계에 사는 자만이 새로운 땅을 갖는다는 사실
을 알았다면

긴팔원숭이의 보고서

—

팔이 길어지고 있었다

짧은 입맞춤에도 길어진 팔
너에게 가까이 갈수록 짧아져야 하지만
심장에 닿을 가늠자는 눈치가 없다
너에게 달려가고 네 앞에서 작아지는 사이
다정과
외면이
나무에 매달린 푸른 사과 같았다
꽉 쥔 주먹으로
의견이 사과꽃처럼 흩날렸다
너를 만지기 위해 길어진 팔은
갈수록 헐렁해져 빠져나가기 수월한 걸까
너와 나 사이 간격이 보였다
사이가 차이로
간격이 소홀로
비껴가는 끝에 너는 등을 보였다
너를 안고 너의 정면을 빌리면
나의 낙담을 일으켜 세워 줄 수 있겠지
실패할 기회를 준 거지?

—

68

긴팔원숭이의 퇴화 속도로 우리는 등을 사랑하겠지

사과를 통째로 먹다 떨어진 과즙이 끈적이면 발그레한
얼굴이 농담으로 벽을 치면
이제 긴 팔을 버릴 차례

매번 등장인물인
너는 기척이 없지

밤의 서점
—이야기 상자 속으로

타인에게 말을 걸어 볼래요?

보라색 향초가 어둠을 반죽해요 연기는 그림자를 연소시켜 라플란드의 밤으로 옮겨 가요 구음으로 들려오는 사미족의 요이크를 따라 모르는 얼굴에게 편지를 써요

비다 고원은 누워 있어요 설원에 온몸을 펼치며 누워 있어요 순록의 무게만큼 검은 낮을 걷는 목부의 견고한 뿔을 기르고 있어요 사십 일 동안 비다 고원은 일어나지 않아요 꽃의 경험이 없을 것 같은 지구에서 해를 볼 계절을 접붙이기하고 있어요

영원이라는 말이 살아 국경도 없고 간섭도 없어요 그런 종족에게 더 많은 극지에 말뚝을 박기 위해 힘겨루기가 시작되었네요 하얀 밤 검은 낮만 있는 어느 날 샤먼이 죽고 전통 북이 사라졌어요

붙박이 말고는 붙박이밖에 몰라서 몇 채의 꼬따로 비다 고원을 세계를 안아 줘 버려요 국왕의 길을 따라온 강압적으로 부른 찬송가 대신 가사도 멜로디도 없는 노래, 북

에 그린 그림문자를 노래해요

소수자들은 웅크려 펴지질 않아요 사미족은 희생당해도 괜찮다는 그들 믿음의 지도에 종족은 눈을 굴리듯 똘똘 뭉쳐 막판까지 굴러가고 있어요

오로라는 죽은 자들의 눈이에요 전쟁이란 말이 없는 하얀 대륙을 침략한 그들의 흔적을 지켜보는 눈이에요 피 묻은 침울한 평화를 지켜보는 죽은 조상들의 눈 우리는 절대 사라지지 않겠다는 살아남은 자들의 눈을 보아요

한해살이 일을 하는 나는 틈만 나면 구멍이고 틈만 보이면 낭떠러지인 현실을 데리고 왔어요 종족은 극야의 사십 일을 보낸 후 다시 그림자를 지닌 인간이 된다는 이 차가운 문장은 나를 결박하고 해체해 뼈 하나씩 추려 내고 있어요

그래도 옛날은 잘 있겠지요?

이야기 상자 속으로 수신자 없는 세계를 배달해요

김ス

십이월이 액자처럼 걸려 있다. 액자에 걸려 있는 나를
본 적이 있다. 나를 벗어 두고 간 날짜들이 말라 가고 있
다. 책상에 앉아 상자처럼 앉아 무심코 날아든 나비가 되
어 오월이 날아갔다. 덥수룩 잡초 더미에 약병을 부은 팔
월의 정원이 잘려 나갔다. 생판 남의 꿈을 이어서 꾸는 꿈
처럼 레인 위 볼링 핀이 보인다. 쓰러지기 위해 서 있는
핀들을 처음처럼 마지막처럼 처리해 남의 꿈을 받아 꾸는
가을날 내가 보인다. 상상은 원시 그대로 아바차 화산 낙
타봉을 달려 설원에 도착하면 십이월은 끌어안으라는 듯
팔을 늘어뜨린다. 달력의 팔은 너무 길고 이름 끝 짧은 나
의 팔은 더욱 짧아 멋대로 흩어지는 날짜들. 호통치듯 소
낙눈 내리고 액자를 뗀 자리에 벽으로 나는 있다. 제대로
된 일인이 아닌 나는 일월로 내쳐졌다.

얼굴 없는 수도사

앞을 바라보는 사람들 앞에서
앞만 바라보는 사람들 위에서

한쪽으로 기댄 소문은 한데로 모여 기도가 된다 소문이
익어 갈수록 손가락은 자란다

시장통의 달빛 짜장
몸과 말과 뜻이 자유롭지 못한 아이들이
짜장면 좋아요 언니
라고 매달리는 화살표의 늙은 언니가 있다

한 달에 두 번 목요일
성호를 긋는 손가락 화살표는
늙은 언니에게 걸어 둔 목걸이 웃음이다
웃음은 어눌한 말이라 아이들의 선한 발성인지 모른다
아이들이 휘두르는 검지 화살표 끝에는
사랑해요
삐뚤이 글자가 떨어질 듯 떨어질 듯

똑, 똑 당신 거기 있나요?

낮이 먼저이고 밤은 뒷전이라 밤이 넓은 사람들의 얼굴
이라는
　왕의 정원에서 뛰노는 밤의 괴뢰 인형을 내쫓는 얼굴이
라는
　얼굴 없는 수도사의
　탈린이 아니더라도

　말없이 우리 불행을 소비하는 수행자가 있다

　화수분처럼 넘쳐흐르는 아이들의
　꽃밭에 꽃들이 모여 살도록
　다섯 평보다 넓은 성전이 있다

　당신이 남기고 간 어둠은 의연한 질문이라고 할까요

　달이 태양을 찾을 때 겨우 얼굴을 내미는 별같이
　탁 치고 가는 믿음을
　언니는 수행 중이라 말할게요

거울은 펑퍼짐한 성체를 오늘도 속기하고 있다

●얼굴 없는 수노사: 에스토니아의 날 틴에 있는 수노사 풍성.

모모 시계

무엇이 끼어들어 시간은 거꾸로 간다
아니다 아무도 끼어들지 않아 무엇은 마음대로 시간을
쇼핑한다

엄마가 헤매다 챙겨 온 시절
우리는 빈방에 흩날려 온 벚꽃이어야 한다
우리 입장은 원래부터 없어야 한다
시간을 파는 상점에 들러
엄마가 권하는 추억을 바구니에 주워 담아야 한다
젤리처럼 달달하게 씹어야지
눈치를 보거나 짜증을 내거나
왜 그래? 반문은 없다

엄마의 포도나무는 매일매일 처음 보는 포도나무다

슬그머니 편승한 무엇은
엄마의 눈 속 포도알처럼 싱싱하다
실온에 방치된 포도는 우리 몫으로 접시에 담겨 있다
그럼에도 프릴 달린 블라우스를 입고
우리는 동물원에 가야 한다

상점 깊숙이 들어갈수록

잡화들이 널려 있는 우릴 토해 낸다

새것 좋아

엄마가 신이나 사 모은 한정판 웃음이

우리 저녁 식탁의 진술서

무엇은 훔쳐 간 엄마의 모두를 검게 칠하고

벌레 먹은 포도나무 가지 위에 매달아 놓았다

파랑 리플리 씨

그 방에 들어갈 때마다 두고 온 것이다
주머니를 털고 털리고 걷다 보면
유리새 울음소리가 난다
다른 피가 수혈된 듯

빛나는 머리를 가지고 있고
다정에 닿을 긴 팔을 가지고 있고
손대면
세상은 초록 이파리로 팔랑거렸다

그만하면 안 되나요

그 방에는 책상 책가방 그리고 전화기가 있다
모르는 사람 모르는 전화번호를 쥐고
시계 방향으로 잠이 들면
수화기에서 딱정벌레가 떨어진다
책상을 밟고 책가방을 밟고 방 안이 터질 듯 쌓이더니
전화기가 단숨에 딱정벌레를 먹어 치운다
탕 총소리가 난 것 같다

죽음에 빠져 버린 침묵

머리는 많은 무대를 떠올렸다
두 귀 당겨 연착하는 마음을 달래 보는 일
외출한 심장을 성탄절에 내보내는 일
몸과 몸으로 처음 습관을 만들어

같이 노래 부르고 싶었다
돌아보면 독창이었다

나는 물처럼 흐를 거야
나는 물처럼 날아갈 거야
나는 물처럼 얼 거야

두근두근 오른쪽 심장이 뛰고 있어

방 안 공기를 이기지도 지지도 못하는 커튼이 있다

자라공

처음에서 너무 멀리 왔어
그래도 자라

당신 마음이 반영된 물살에
물밑 작업으로 손을 쓴 개흙 바닥에
고서 몇 권은 필사할 준비가 대답이었나?

단단할 등을 두부 한 모라 불러도
살기등등 머리를 귀두라 불러도
등을 열어 내밀을 캘 수 없는
당신은 거북이 이복형제

한 번쯤 성질머리 가족력으로 걸어 두고
악, 포악을 내뱉다 삼켜 버리는 환자 같은 소리

그래서 자라

납작한 생각
납작한 무사
나쁘지 않아

두려움이 뭉쳐 분노로 폭발하면
머리와 목을 완전히 갑 속에 집어넣고 나면
때려치울 거야 입버릇으로 말하던 습속을 잊어
유순하고 느리게 시간을 잊어
당신은 자란다

연꽃 아래 일요일을 사는 연화도에서
경험에서 영험을 보아 버린 표정
거북하다는 말에 취하는 느린 숨
모르는 언어들이 당신을 중개하기 시작했다

그런데 자라

물렁한 등딱지에 쓰인 글씨들은 물이 빠지지 않아
갈겨쓴 당신의 문장은 뭉쳐지지 않아

한 번도 페이지를 들춰 본 사람 없는
등은 두근대는 당신만의 화법으로 쓴 책
오랜 생각이 썼나 시워신

자라 문자 벽서(僻書)
발굴 대상에서 먼 물음이었다

그래도

혼자 노는 양

하몽하몽 중얼거리면
무덤에 사는 할머니가 내게로 왔다
연못이 힘껏 들어 올린 가시연꽃이
아이 생식기만 하게 하늘을 덮고 있다
무덤덤에 갇혀 있던 입이
시간의 내역을 소화하던 검은 잇몸이
물고기 시늉으로 가시연꽃을 따 먹고 있다
남의 손으로 아침을 받아먹던
없는 손 사이
내가 보였다

하 몽하 몽 말끝이 잘려 나간 꿈 조각에는
한쪽 귀와 한쪽 코 한쪽 눈썹만으로
한쪽이 된 엄마
비통한 한 조각이었는데 눈을 감아
평온한 정지
종이질로 피어 있는 목화꽃 같아
손끝만 스쳐도 찢어질 듯
아스라이 하몽하몽
새끼를 데리고 리어카를 몰고

과일 좌판을 나서는
맹목과 맹모 사이
낯익은 얼굴이 보였다

하몽하몽 발음 속에 빠지면
공평한 석양이 지붕에 저녁을 짜 올려
유리 벽도 금 간 시멘트 벽도 멀리서 보면
작아서 좋은
세상이 반건조되어 말랑하였다
헤어지고 배신당해도
괜찮아
사랑, 그 정도 산책할 거리를 두면 안 되나

우리가 사는 모든 시간이 꽃봉오리라면
우리는 아직 꽃차례 위에 있다
어린 감정을 복사하고 붕대로 감아
낮꽃을 숨기고 있다

하몽하몽

●우리가 사는 모든 시간이 꽃봉오리: 김선영, 『시간을 파는 상점』에서
빈용.

오 년 만의 외출

첫 발음에는 가로막이 있다
혀가 빗장 걸고 앞을 살피는 한참이 있다
한 번도 본 적 없는 임지
방충망의 세상에 달라붙었다
아빠 벌레가 목이 빠져 거실에 있다
아이가 부는 리코더 소리가 벽지에 닿아
간난의 꽃들이 피어나기 시작한다
가난은 뿌리가 부실한 떡잎의 망설임
아빠 어깨뼈가 탈골 웃음으로 덜거덕거리고
엄마 벌레가 무릎뼈 추스르는 동안
웅크린 그림자가 먼저 부엌 쪽으로 향한다
볕 들 날 없는 집
간신히 몸을 벗어
날개를 말리는 날씨는 불량한
빗방울 속

나는 목청껏 살기 위해 이곳에 왔다
온몸에 파스를 붙인 벌레야
날개를 비비면 울 수 있어

겁을 흘리고 있나 보군
나무의 즙이 없는 방은
처음을 육감하는 구멍처럼 길다

할 일이라면 작아지는 일
할 일이라면 막무가내로 우는 일
검정 뿔 속으로

가까스로 마당

다정이 도착했다
온종일 지붕이 움츠려 앉아
계절이 쌓은 할머니 두 손이 배달되었다
곳간에서 며칠
저녁을 보낸 후
마지막을 모르는 마지막들
죽일 듯 머리를 쪼는 근친을 밀치고 나온 유정란은
피 냄새 날 것 같은데
온몸이 배아
베란다 한쪽에서
알이 소리를 낳고 날개를 낳고 있었다
깜빡 냉장고 입실을 잊은 사이
세상의 눈금을 헤쳐
암탉이 품어 준 온도를 기억해 냈을까
냉장고 들어가기 직전
죽자고 덤빈
수탉의 폭력이 완성되었다
가까스로
냉장고를 비켜 간 병아리가 마당으로 돌아왔다

제4부

원정

멀리 떠나간 일기가 돌아왔어 복도 맨 끝에서 우물거리던 일기가 살아왔지 천장에서 벽으로 벽에서 바닥으로 걸어 다녔을까 4반 의자에는 엉덩이를 붙였다 떼던 이름들이 흘러내려 아이들을 돌던 여러 겹 이야기가 흘러내리지 썼다 지운 이야기 하나 오랜 시곗바늘로 멈춰 있어 몰래 한 약속은 내성 있는 바이러스야 하얀 종이를 내밀면 너는 어떤 문장을 채울까 병든 약속을 살리지도 죽이지도 못해 먼저 창피를 질러 버릴까 창피는 수용성인데 눈물이라는 진심을 다녀왔을까 내 안의 기다림을 오렸다 붙이고 부릅뜬 시선들을 거둬 그날의 날씨에 맞추는 일기 여럿인 너를 접었다 펴면 간절곳 아침 같은 네가 보여 내 의자에 사는 이름 하나 가지러 너 대신 달려가고 있지 공중에서 껑충, 나는 긴팔원숭이에서 돌아오지 못했어

셀러

나를 팝니다

손이 많이 탄 생물입니다

간지럼 잘 타는 말을

용기를 빌려 비겁하게 팝니다

날씨는 뒷전이고 얼굴이 먼저 소비되는 기상 캐스터처럼

나를 대체할 시가 어디에 있을까요

유통기간 짧은 시절에

육즙 배인 우울까지 파는 손은

얼마 없는 볼펜 심으로 글씨를 쓰는 강박입니다

그럼에도 끝까지

나를 뚫고 나간 시는

물류창고 앞에서 경고음을 듣습니다

당신의 불신을 경청할게요

당신의 들러리 옷을 주세요

눈치는 그믐달이지만 염치는 초승달이라

좀 상품성이 떨어져도 말을 빚습니다

그래도 함부로

우리라는 말을 무기로 사용한다면

우리라는 말을 난민으로 방치한다면

온 동네 덩굴손이 올라간

물류창고를 떠나겠습니다

야말

반려는 끝까지 밀고 가는 철로를 생각했다
같이 가든
따라가든

탈선 없이 탈바꿈 없이
북국의 지의류처럼

두 다리의 보폭이 일정해야 한다는 학습은
무너지면
우묵하거나 불룩하게 따돌림당할 거야

누구라도 불러 주면 선로처럼
폭탄도 오물도 짐승도 염려의 하중은 없는 거지
둘이라면

안과 밖의 문고리를 서로 잡아당겨야
겨우 나란히

서로의 말 속에 허우적거려야
가까스로 결속

반려는 달궈진다

삐끗해져, 잘못한 일을 애인처럼 팔짱 끼자
무심한 인칭들이 손잡고 간이역을 통과하고 있다
뒤돌아보지 않는
끝나지 않을 지평선 안의
반려는 동강 나 혼자가 되었다

다음은 절벽이야
반쪽인 너를 온전히 돌려줄게

반려가 밀려난 세상은 얼만큼 넓어졌을까

지구 중력은 허물기 위한 작동 원리로 꾸며졌을까

결을 거슬러 결을 손질해 끝으로 가는 열차

●야말: 지구의 끝.

게 의지

슬슬이 받아 적은 건 도망이었다

아는 길이지만
옆으로 옆길로 간다
모자란다는 병명을 투구로 쓴 채
뒤에서 슬슬이 너, 부르면
무조건 달린다

눈앞의 구멍갯지렁이를 버리고
몇 장의 지폐로 산 웃음도 버리고
전날의 취생몽사도 버리는
슬슬이는 연락병
모로 가도 그곳으로 가면 되는

바람은 남은 이의 휘어진 마음을 보태고
구름은 떠나는 이를 배교자처럼 따라갔다

뒤를 돌아보면
길 한복판에 뒤엉겨 싸우는 게네들의
발악하는 게거품이 노을을 접수하고

뒤집힐 듯 뒤집히지 않는
뒤집기 한판이 없는 모래의 문턱들
게 세상에 빠질까 달린다

유전적 도망자 슬슬이라는 덤

아는 마을인데 입구에는
모래판에 뒹굴던 날짜들이 걸려 있었다
축령객으로 내쫓긴 지역인 듯
발품 팔아 화력으로 사용하고 있었다
덤으로 쓸 슬슬이를 기다리고 있었다

고양이 크레파스로 살아남기

밤이 곯아떨어지기 직전 잠 속에 새소리 밀려왔다
빈 그릇에 담긴 저녁이 꼬르륵 현실로 묻어나면
나무 위에 앉은 새를 붙잡아 꿈을 꾸는 일
통통하고 묵직한 새를 보며
지그시 눈을 감고 흠향하는 자세
아이에게 크레파스를 쥐여 줄 일이다
나무에 매달린 정령처럼 공중을 탄다
여름에 놓친 새가 잠 속에서도 날아간다
침묵과 도약은 몰래와 친하다
푸드득, 살의가 파랗다
울음이 없는 어둠
유성우가 밤을 밝히자 깃털이 떨어진다
잠자는 새는 새를 구원할 줄 모르고
눈뜬 고양이는 고양이를 용서할 줄 모른다
나무 위 새는 자고 나무 아래 고양이 수염 웃음을
크레파스는 골똘한 사랑으로 그린다
입술과 발톱이 도화지 뒷장에서 피 칠갑될
모두 세 들어 잠든 공원에는
크레파스 검열자가 있다

백엽상

이파리 하나도 없는 나무는 술래

찾았다 할 목소리도 못 찾았다 가로저을 고개도 없이

말을 텅텅 비운 말 그릇으로

손가지를 길게 늘어뜨리는 친절은 없어 언제라도 잡혀
온 아이는 없다

녹지 못할 초로 서 있으면 기도가 될 수 없음을 알았을 뿐

운동장에 서면 아이는 모래 글씨가 된다고 들었을 뿐

자고새의 나는 법처럼

지상에서 떠오르는 순간 동떨어진 높이를 배운다

파란에서 시작한 하늘의 표정

밑변의 다정 시절에 얼마나 많은 비년 구석이 있는지

등변의 냉정 치열에 얼마나 많은 곤욕이 살고 있는지

궂은 세상의 쓸모를 물어 하얀 우연을 상정해 본다

한쪽에 꽃처럼 서 있던 아이는 안다

꽃처럼 꺾여 친구 손에 쥐여지기를

교실의 다사다난한 온도가 몸에 맞는 체온이기를

눈물을 떨어뜨린 일기

홑이불 같은 첫눈 속으로

나랑 같이 나갈래?

남동풍으로 천기가 바뀐 날처럼

맨날 방울 소리 나는 친구의 술래가 되어도 좋은 날

뾰족한 날들이 결백을 주장하며 우리를 순례하는

비워 둔 커다란 말 그릇 안의 죽었다 살아난 말들

막후 세력처럼 든든해

날씨가 없는 쪽으로 아이는 떠났다

좀체 늙지 않을 나무의 성층권은 기다림이었다

하여간 염치

옳고 그름이 우리를 데리러 왔다
양 갈래 실마리는 겁 없이 우리 밖으로 범람한다

어린 콜리가 양을 따라왔다 햇빛이 초원에 닿는 거리
만큼 먼 훈령은 처음 되감기 중이다 양 떼는 뿔받이 장난
감으로 이든이를 굴리고 덮치고 끝없는 전열로 목장을 점
령하였다 아파 아파라는 사월에 누워 외로움을 수습하는
이든이

사방 거울인 양들의 술수에서 도망 나왔다 그 많은 뿔
에서 달려 나왔다 멀리서 모리를 보자 집착으로 몰아치는
사랑을 했다 이리 와 같이 가 몰아갔다 숨고 도망가는 모
리의 싫어 싫어 앙탈은 어느 연약한 소녀가 들려주는 노
랫말이었다 먼 조상이 알려 준 노동요였다

양들의 위험을 처단하는 위엄이 몸의 지도를 만들어 가
는 콜리 가문은 믿어도 됩니다 심장 가까운 소리를 듣기
위해 모리를 꺼내 말을 걸었습니다 이해는 좀 품이 들지
만 인력은 생물이라 자기중심적이지 않나요?

양 갈래 실마리를 잡아당기면

목양아파트에 사는 이든이가 현관문을 나서고

주머니

은밀을 주어로 한다
입구에는 초병 같은 소모품들이
저요 저요 신상을 밝히는 소음이 느리다
어느 줄에 서서 네가 오는지
한쪽이 열렸지만
기미는 없다
가십거리 숲으로 생각 없이 들어간다
모르는 사슴과 모르는 사냥꾼이 서성거린다
흰 장갑을 낄까 검은 장갑을 낄까
망설임은 기도 같아서
머릿속에 병기가 들어 있지 않아도
흰 장갑 검은 장갑 착용은 분위기가 만드는 법

입안에 알사탕을 물고 시간을 굴리면
후면 가장자리에서
사슴 사냥꾼이 큰기침을 한다
짧고 신통한 전율
손맛과 뒷맛이 꼭꼭 숨어 있는

보름달에 빠져 버린 지구 같아서

퇴근하는 지하철 만원 속 같아서

아무에게나 말을 걸거나
아무에게도 말하지 못하는

우울 손님

—

어서 오세요
검은 옷을 입으셨네요
지난번 벨을 세 번 눌렀을 때
벽지 안 미스김라일락에 앉은 후투티
성대를 잃은 후투티의 머리 깃을 세우고 있었네요

당신이 찾아올 때는
금붕어도 커튼도 촛불도
보이지 않아 믿음이 갑니다

우울한 주머니 속 날씨를 꺼내 주세요
펼쳐 말려 주세요

시건방진 꽃들의 수다를 피해 봄을 요리하는 아가씨를
피해 오냐오냐 궁둥이를 두들겨 주는 손을 피해 머리까지
껴안은 고분고분한 의자를 피해 갈 곳이 있다고 부득불 우
기며 방아쇠를 당기는 생각을 피해 아무도 없는 방 벽지에
서 발견된 후투티로 찾아온 당신은 어둔 구름과 바람과 별
사이 아무 데서나 기식하다 온다고

—

우울 씨 일가입니다
지혜로운 올빼미처럼
어스름을 점령한 후투티 당신
괴괴한 목소리를 재생시키세요
달을 썰어 이 밤을 먹어 치우곤
벌을 구걸하세요

당신은 어디에나 있고
당신은 어디에도 없어

• 달을 썰어 이 밤을 먹어 치우곤. 가누 새소닌의 「사유」에서 지 8.

주사위의 노래

한번 던졌을 뿐인데
한번 주웠을 뿐인데

침대 밑 못다 한 꿈이라고 했다
이불 밖으로 밀려나서
이불 안으로 들어가려고
나 여기 있어요

그냥은 목소리가 들리지 않는다고 했다
실오라기 하나 걸치지 않은 채
겹겹이 옷을 껴입은 채

시곗바늘 창살에 매달린 아들과 딸을
혹성을 떠돌다 어느 주소지에 도착한 점들을
그냥은 잠자리에 들인다고 했다

침대 아래 먼지는 소리를 먹고 산다고 했다

꿈의 부스러기를 먹으며 날다가 천장이고 창문이고 꽃
병을 날다가 나비처럼 날고 싶어 날다가 부침에 부딪힘에

구석으로 뭉쳐 가는 먼지는 번데기로 숨을 고르는 걸까

　　간이역의 정차보다 기회는 자주 온다는데
　　비를 맞고 쭈그리고 앉아 있으면 우산까지 받쳐 준다는
데

　　그냥은 간단해요

　　세상 모든 주사위를 모조리 던진다면
　　내 몫은 먼지처럼 모르게 온다고 했다
　　실수처럼

　　할 말 있어요 문을 두드려도
　　우심히
　　헌신을 다하는 아픈 요추가 중심을 잡아 준다 해도

　　그냥은 본체만체 의중을 신뢰한다고 했다
　　가벼운 체위면 더욱

레트로 열차

—

큰눈부처사촌나비가 느리게 소녀 위를 날고 있다
대추색 스커트 아래 하얀 발목은
비밀,
꽃으로 이 세상 손님으로

열차는 기도 반대편으로 들어오고 있다

네 번 실패한 꼬리를 높이 쳐들고
소나기 뒤집어쓰고 까르르 웃으면
무지개 뜨는 목화밭으로
다섯 번째 돌아오고 있다

평생 할 말을 오물거리는 목화의 복화술
한 송이 꺾어 손에 쥐면
창가에 매달려 있는 앞치마 가득
목화 따던 소녀는 요양 중이다
허물의 옷가지를 벗어 놓기 좋은 곳
누군가 휘휘 저어 놓은 감정에 오만상 없이
걸터앉기 좋은 곳

—

햇솜을 베고 잠든 반달이
소녀의 몸속에서 풀려나온 실로 물레를 돌리는 밤
달빛 고리 만들어 서로의 목에 걸어 주던
맨 처음 잡혀 본 손의
문양을 짰다가 풀었다가

옛날은 꽃이지
몇 송이 남은 겨울 목화송이지

소녀를 범한 세상에 없는 마음 하나
살아 있는 동안 살아 있음을 감각하는
무한꽃차례,

열차는
하고많은 말을 덜고 보태며 언약을 달리는 중이다

천사를 위한 위스키

할머니의 전 재산이 사라졌다
제단에 바치듯 장롱 위에 놓은 뭉치가 사라졌다
형제 몇은 장롱 위 뭉치를 알았고 몇은 몰랐다

포태한 의심이 아침 달을 밀고 들어와
체면을 내치고 바닥의 말을 길어 올렸다

술도가의 술통에서 한 주전자씩 증발해도 되듯이
오크 통의 술이 숙성으로 2%씩 증발해도 되듯이

술도가 할머니는 가만한 표정으로
천사가 가져갔구나
하늘에 쓰일 몫이구나

당혹한 형제들의 시선에는 누군가를 지목했다

너희들 이름을 천상에 올렸으니 지불해야지

머리로 인정하고 마음으로 부정하는

분에하는 얼굴들은 천사를 찾아 나설 태세였다

그 많은 포도밭은 오크 통에 있는데
그 많은 논밭은 술통에 있는데

보이지도 있지도 않은 천사는 찾지 말자

천사는 주머니가 없단다

말을 입에 물고 뱉지도 삼키지도 못하고
악마의 기도서를 뒤적거릴 형제들

● 천사를 위한 위스키: 영화 제목.

당신이 지나간 자리

내 이름 아래 내 시가 없다네
앞 페이지를 넘기고 뒤 페이지를 넘겨도
짐승이 벼린 말의 문장이 잠적했다네

글자 하나 세상에 떨어져 싹 틔울 수 없어
바람 불면 넘겨지는 모래의 책을 손에 쥐고

당신이 지나간 거라네
발자국마다 책의 글자는 사라지고
사라지며 페이지는 늘어난다네

당신은 양피지에 쓴 이야기에 덧쓰는 이야기
지워져, 기억은 예측 불허의 신분으로 발견된다네

다시 온다는 기별을 몰라
소멸된 책 속으로
주머니 짐승 한 마리 걸어가고 있다네

내내 상중(喪中)인 당신

여기, 가까이에서 빛나는 파랑(靑色)의 마음

임지훈(문학평론가)

1. '파랑(靑色)', 이라고 말하면

때때로 시인의 시는 평자를 초과합니다. 해설을 써야 할 지면에서 이런 말을 먼저 하게 된 것이 송구스럽지만, 그 말에서부터 이야기를 시작하고 싶어요. 분명 말이, 단어가, 문장이 우리의 앞에 있지만 김지명 시인의 단어와 문장 들은 쉽사리 하나의 의미로 포획되지 않고 자신의 자리를 넘쳐흐르곤 합니다. '후투티'와 '원숭이'와 '물고기'와 '해'와 '달', '천사'와 '고양이' 들은 분명 단어의 의미 그대로 우리의 눈앞에 있는데, 잠시 눈을 감았다 뜰 때면 그것들은 다른 곳에서 다른 단어를 다른 문장 속에서 만나 다른 운동을 하고 있어요. 우리는 이 시집에서 '같은', '처럼'과 같은 직유들을 자주 만나게 되지만, 그것들은 오히려 직유가 가리키는 대상을 일렁이게 만들기도 하지요. 어쩌면 이건 김지명 시인의 시석 구소가 구심력(求心力)이 아닌 원심력(遠心力)을 바탕으로 하고 있기 때문이 아닐까 싶습니다. 하지만 이와 같은 말로 표현하기에, 김지명 시인이 주는 감각적인 느낌이 잘 살아나지를 않으니 우리는 이와 같은 원심력의 시적 구조를 다음과 같이 불러 보는 건 어떨까 싶습니다. '파랑 (靑色)'이라고 말이지요.

다들 아시다시피 파랑은 굴절률이 높은 색이기도 하고, 시간이 느리게 흐르는 것 같은 착각을 주는 색이기도 하고, 실제 부피보다 더 커 보이게 만드는 색이기도 하지요. 때때로 사물의 파랑은 사물을 넘쳐흘러 주변을 잔뜩 물들이기도 합니다. 그런 파랑의 특징이라면 우리의 시선을 강렬하게 잡아당기면서도 동시에 우리의 공감각을 마구 뒤섞이게 만든다는 점이 아닐까 싶습니다.

　　수천 오리 떼가 바다를 점령합니다 행성호가 난파와 애인 놀이 하다 낳은 성마름의 자리입니다 한자리에 모였다 흩어지는 모습은 마른 꽃잎이 물에 잠겼다 피어나 장난 같아 보입니다 바다는 뿔뿔이 혼자를 만듭니다 장난감이 아니었다면 노랑 오리는 가라앉아 날개와 다리가 부식되고 산호가 되었을 것입니다 노랗거나 파란 물고기들이 종족의 냄새를 찾아 주위를 배회했을 것입니다 스노클링하는 사람들이 빵을 던져 주어 외로움은 산호 속에서 아름답다는 말로 빛날 것입니다 바다 꿈속을 그대로 둔 채 빠져나온 노랑 오리는 여기를 둔 채 저곳으로 떠납니다 눈을 뜨고 떠나도 아일랜드 연안의 사랑받을 예감에 닿지 않습니다 나는 내 이름

에 닿지 않습니다

—「블루 플래닛」 전문

 시집의 처음을 장식하고 있는 이 시는 시적 주체가 있는
공간인 "블루 플래닛"을 소재로 하고 있습니다. 이곳은 우
리가 있는 현실이기도 하면서, 시적 주체의 눈에 의해 왜곡
된 시적 공간이기도 합니다. 어떤 사물들은 실제보다 왜소
해지기도 하고, 어떤 감각들은 실제보다 증폭되기도 합니
다. 그곳은 장난감의 "수천 오리 떼"가 점령하고 있으며, 물
고기들이 "종족"을 찾아 배회하는 파랑의 바다입니다. 그
러나 이 공간은 결코 아름답지만은 않은데, 그건 이 공간
이 증폭시키고 있는 우리의 감각이 바로 "외로움"이기 때문
입니다. 노란빛의 장난감으로 이루어진 사물들의 바다, 종
족을 찾아 배회하는 노랗고 파란 물고기들처럼 수많은 대
상들이 파랑의 바다를 점유하고 있지만, 그들은 모두 흩어
지고, 여기가 아닌 어딘가로 계속해서 떠나갑니다. 이 공간
속에서 모든 대상은 "사랑받을 예감"을 찾아 헤매지만, 그
것은 영원히 도래하지 못하는 현실로 못 박아져 있습니다.
 때때로 우리는 시적 주체에 대해 이야기하기 위해 그것
을 직접 가늠하는 것이 아니라 그것을 뺀 나머지에 대해서
말해야 하는 순간들이 있습니다. 위 시의 시적 주체 또한
같은 상황이 아닐까 싶습니다. 그는 세계에 대해 말할 수
있는 '언어'를 가지고 있지만, 그 언어는 어떠한 대상에도
닿을 수 없는 언어이기도 합니다. 세계의 언어의 불일치

속에서, '나'는 언어를 가진 존재이면서 동시에 그러한 언어를 통해 무엇에 대해서도 완전하게 '말할 수 없는' 존재이기도 합니다. 그렇기에 우리의 말은 많아지고 늘어지지만, 그 말들은 단 한 번도 정확하게 대상을 향해 가닿지 못하고 휘어지거나 꺾어져 다른 곳을 향해 버리고 말지요. 어쩌면 「블루 플래닛」이라는 시적 공간에 대한 시가 시집의 처음을 장식하고 있는 것은 이러한 '언어적 특성'이 강하게 발현되는 이 시집의 특징을 단적으로 보여 주는 것이 아닐까 싶습니다. 예컨대, 이 세계에 온 것을 환영하는 대신, 그렇게 말들이 휘어지고 "외로움"의 감각이 증폭되는, 그리하여 내가 나 자신에게도 닿을 수 없이 꺾이고 휘어 있는 참상을 보여 줌으로써 말입니다. 잠시 뭉쳤다가도 이내 흩어져 버리는 "노랑 오리" 장난감이나 종족의 냄새를 찾아 배회하는 파랑의 바다의 대상들처럼 말입니다. 안녕이라는 말 대신에, '파랑'하고 말하는 것이지요.

2. 미끄러지는 물방울의 탄성(彈性)과 언어

그래서 이 '파랑'의 세계에서 문장은 우리의 일상어와 다소 다른 궤를 가지고 흘러갑니다. 우리의 현실과 같은 인과는 작동이 중지되고, 낯선 사물들이 부적확한 조사를 통해 꿰어지며, 모든 사물은 있는 그대로의 의미에서가 아니라 마치 연기를 하듯 스스로를 드러냅니다. 그렇기에 이 시집에서 모든 만남은 찰나이며, 모든 언어는 순간에 불과하고 순식간에 휘발되고 맙니다. 그런 의미에서 이 시집은 (시인의 말을 빌리자면) "바깥 공기와 안의 공기가 겨우 두 손을 맞잡듯/당신의 기류와 내 기류가" 잠시 손을 맞잡았던 흔적(「사랑이 다녀갔다」), 서로 다른 온기가 만났던 자리에 맺혀 있는 물방울이 아닐까 싶습니다. 그래서 이 시집의 언어들은 강한 인력을 가지고 굳건하게 의미에 스스로를 접붙이는 대신, 언제든 증발할 것 같은, 혹은 넘쳐흘러 버릴 것 같은 물방울의 탄성으로 그 자리에 있습니다.

> 내가 사는 곳은 아주 작아
> 길을 잃어버릴 수 없는데
> 난민의 자세로 앉아 있습니다
>
> —「자주색 가방」 부분

> 덩치 큰 이름은
> 덩치 큰 이름을 꾹꾹 눌렀다
> 온 세계가 쪼그라들 것을 강요해
> 소년은 어디서나
> 대역죄인이었다
>
> —「웃음 받아쓰기」 부분

하지만 유의해야 할 것은, 이 파랑의 바다가 우리가 있는 현실 너머의 공간은 결코 아니라는 점입니다. 그것은 현실을 초월함으로써 도달할 수 있는 곳이 아니라 우리가 있는 현실의 일부로서, 바깥이 아니라 '여기'에 있습니다. 물방울의 탄성과 같은 정도의 힘으로 말입니다. 때문에 이 시집에서 언어들은 하나의 의미에 매여 있는 것이 아니라 그러한 의미를 중심으로 너른 부피로 동그랗게 표면을 이루고 있다고 보는 것이 맞지 않을까 싶습니다. 이 속에서 부적확성은 역설적이게도 새로운 의미가 출현하기 위해 일상적인 의미를 접어 내는 주름의 역할을 수행하곤 하지요. 하지만 이 공간은 세계 속의 일부이기에 세계보다 커다랄 수 없고, 늘 세계 속에서 최소한의 크기로 존재할 수밖에 없습니다. 언어로 이루어진 표면이 더 커져 버린다면, 시는 스스로를 구성해 주는 의미로부터 너무 멀리 달아나 터진 물방울처럼 스며들어 버릴 것이고, 반대로 그 의미에 너무 가까이 가는 순간에는 스스로의 부피를 체현하지 못한 채 사라지고 말 것이기 때문입니다. 이러한 감각은 이 시집에서 시적 주체가 세계를 대상으로 할 때 토로하곤 하는 감정들이기도 합니다. 위에 인용한 「자주색 가방」과 「웃음 받아쓰기」에 나오는 문장들처럼, 시적 주체는 세계와의 대면에서 항상 압박감을 느끼며 동시에 자신의 부피를 지키기 위해서는 때때로 어떤 하나의 의미 주변을 계속해서 순환해야 함을 느끼기도 합니다. 때문에 그는 스스로를 "난민"으로, "죄인"으로 감각하지만, 이러한 말도 결코 그 자신을 완전하게 설명하지는 못합니다. 때문에 그는 스스로에게 매여 있으면서도, 단 하나의 의미로 귀속될 수 없는 자신을 알기에 영영 스스로에게 당도하지 못하며, 계속되는 이질적 접합을 통해 새로운 의미를 탄생시킵니다. 그런 의미에서 이 파랑의 바다를 탄생의 바다라고 불러 보는 것도 좋을 것입니다. 아직 무언가가 완전히 되지는 않은, 그러나 분명한 무언가가 자꾸만 출현하고 생성되는, 탄성 넘치는 파랑이라고 말이지요.

때문에 이 시집은 스스로의 세계를 지키기 위한 실존적 분투를 포함하고 있으면서도, 동시에 어떤 언어에 가닿고자 하는 분투를 동시에 내포합니다. 첫 시인 「블루 플래닛」에서 예감과 어딘가에 닿고자 하는 욕망으로 표현되었던 것처럼, 이것은 스스로의 세계를 지키면서 어떤 언어를 손에 넣기 위한 존재의 분투인 셈입니다. 다만 중요한 것은 이러한 분투의 선후 관계가 아닐까 싶습니다. 이 시집의 주체는 자신의 세계를 지키기 위해 어떤 언어를, 스스로를 표현하거나 지키기 위한 무기로써 언어를 갈망하는 것이 아니라, 그러한 언어를 손에 넣기 위해 언어를 담을 수 있는 그릇으로써 스스로의 세계를 지키고자 하는 것에 가까운 움직임들을 때때로 보여 주곤 합니다.

모자랄 게 없어 눈 밖을 몰랐다

초원은 어디든 빈집이었지만
눈에 불을 켰다 끄고 마는 풋풋한 마을이었다

푸르름으로 인심을 얻고 잃었지만
서부트시 잃는 보냉빕는

쓸쓸함이 놀다 갈 등걸을 마련하는 것
빈 옆구리로 쏟아져 내릴 추억을 앓고 있는 것

익숙한 밤낮이 잘 숙성되었지만
먹지 않을 풀은 건드리지 않는
약시의 코뿔소

아무도 이상 기온을 말해 주지 않았지만
초원에 이만 년 만에 폭설이 내렸다 한다

폭설은 처음 보는 먼지라서 괘념치 않았지만
차가움의 촉감이 풀 가시처럼 박혔다 한다

몸에 살지 않는 차가움으로 미쳐 날뛰었지만
이웃들 점호하듯 폭설이 짓밟고 갔다 한다

웅크린 이웃이 짧은 다리로 헤쳐 나가려 했지만
야크처럼 털이 없어 추위를 내치지 못했다 한다

추위는 정지된 세상으로 초원을 정복하려 했지만
사방 비명의 나팔 소리로 눈발은 머뭇거렸다 한다

비명은 몸에서 분리된 뿔로 천명을 다하려 했지만
진군하는 폭설에 백기를 들었다 한다

백기 든 태양도 초원도 지평선도 얼음이 되어

코뿔소는 미라가 되었다 한다

도망자로 살아 봤다면 먼 근친들이 훗날을 걷고 있음을

알았다면 경계에 사는 자만이 새로운 땅을 갖는다는 사실을

알았다면

—「얼어 있는 말들을 위한 시간」 전문

'나'에게 불친절한 방식으로 변모해 가는 세계 속에서, '나'는 '나'를 향해 육박해 오는 세계의 불행 앞에 속수무책의 모습으로 남겨져 있습니다. "추위"로 표현되는 이와 같은 세계의 불행 앞에서 나는 점차 얼어붙어 가고, "비명"을 지르며 고통스러워 합니다. 마치 빙하기와 같은 세계의 불행 속에서, '나'는 지금이라도 당장 어딘가를 향해 떠나야만 할 것 같습니다. "태양도 초원도 지평선도" 얼음이 되고, 살아 있던 생물들은 모조리 얼어 죽어 버리고 있는 이러한 현실은 한편으로 일상적인 언어에 포획되어 버린 시인의 언어를 표상하는 것처럼 보입니다. 앞선 파랑의 바다가 모든 것이 일렁이는 가운데 흩어지고 뭉치길 반복하며 어딘가로의 당도를 예감하고자 하는 세계의 모습을 가졌었다면, 이러한 "추위"는 그러한 파랑의 세계에 대한 대척점으로서의 불행으로서의 세계 자체를 표상하고 있기 때문입니다. 하시민 ㅜ니기 ㅐ 기을이ㅏ 될 깃ㅇ, 이의 갈ㅇ ㅐ게이 ㅂㅐ행

과 그 속에 놓인 저항할 힘을 가지지 못한 주체의 모습이 아니라, 이 시의 말미에 나오는 시적 주체의 통찰이 아닐까 싶습니다. 특히 "경계에 사는 자만이 새로운 땅을 갖는다는 사실을 알았다면"이라는, 약간의 후회가 뒤섞인 시적 주체의 통찰 말입니다.

3. 당신에게 가닿기 위해 나의 세계를 걸어야 한다면

때때로 우리는 어떠한 의미를 적확하게 표현하기 위해서는, 혹은 어떠한 대상에 가닿기 위해서는 스스로의 언어를 보다 정교하게 해야 할 것이라고 생각하곤 합니다. 그것은 한편으로 맞는 말인데, 왜냐하면 의사소통에 있어 타인에게 특정한 정보의 전달을 목적으로 한다면, 그러한 목적은 언어의 정교화를 통해 이뤄질 수 있기 때문입니다. 하지만 때때로 어떤 경우에는 언어의 정교화로는 차마 가닿을 수 없는 지점들이 있곤 합니다. 언어가 정교해질수록 더욱 크게 드러나는 그러한 언어의 구멍, 혹은 언어로는 결코 표현할 수 없는 그러한 지점이 존재하기 때문이지요. 시적 언어는 일상 언어로부터의 일탈을 통해 그러한 대상을 지향하고자 발명된 것이 아닐까 싶습니다. 때문에, 시인의 언어는 대상을 향해 정교해지는 것이 아니라 때때로 언어의 가장 바깥 경계를 침범하곤 합니다. 가까스로 언어의 형상을 유지하고 있는 언어, 혹은 우리의 일상적 언어적 습관에 기대어 있으면서도 그러한 습관으로는 좀처럼 이해될 수 없는 언어를 향해 말이지요. 시적 주체의 통찰은 이러한 의미에서 언어로는 표현할 수 없는 어떤 대상에 가닿기 위해, 죽음을 무릅쓰고 세계의 불행 속에서도 끝내 그것을 향해, 경계를 향해 나아가는 언어라고 할 수 있을 것입니다.

> 불행이 자꾸 우리를 따라온다고 말한다
> 우리가 엉겁결에 불운을 따라간다고 말한다
>
> 새들은 제 이름을 부르지 않고 운다
>
> —「굴뚝 청소부」부분

때문에 일반적인 생을 살아가는 사람들이 "불행이 자꾸 우리를 따라온다"고 말할 때, 시인은 역설적으로 "엉겁결에 불운을 따라"갑니다. 타자에 의해 규정된 의미에 붙들리지 않기 위해, 시인은 세계의 불행과 늘 내외하며 살아가야만 하기 때문입니다. 그러한 과정을 통해서만 언어는 그 경계를 확장할 수 있으며, 그렇게 함으로써만 표현될 수 있는 것이 있기 때문입니다. 시인이 말하고자 하는 것은 결코 타자에 의해 명명된 이름이 아니라, 일상 언어로는 표현할 수 없는 언어의 구멍이기 때문입니다. 때문에 이 시집에서 시적 주체는 안전하고 따뜻한 세계 대신 파랑의 바다를 향해, 그것이 얼어붙어 버릴지도 모르는 불행을 감수하면서 계속해서 나아갑니다.

> 해와 달은 월농하러 떠났나

생각 없이 자전하듯
염력으로 공전하듯

나를 한 계절 시연으로 보여 줄게
군소 섬의 황제인 나는 빙벽을 밀고 원무를 시작하지
내리는 눈에 아침은 북극곰 마중하러 간 지 오래
해가 없는 춤이란
세계를 잠시 잊어버리는 것
속속 바람구멍이지만
속속 바람구멍이 보이지 않는
그래도 정적만이 한 명씩 이름을 호명해 주는 온난화가
있지

—「허들링」 부분

　　앞서 이 시집을 파랑이라고 설명할 때, 그곳이 모든 것
이 휘어지고 흘러넘치는 곳이라고 이야기했던 적이 있습니
다. 왜 시적 주체는 그러한 곳에 기거하면서 외로움을 감내
하려고만 하는 것일까요. 또한 얼어붙어 버릴지 모를 고통
을 감수하면서도 그와 같은 유동성과 운동성을 유지하고자
하는 것일까요. 어쩌면 그것은 단 하나의 이름을 호명하기
위해서, 그것을 위해 스스로의 물성과 온기를 잃어버리지
않기 위해서가 아닐까 싶습니다. 시인은 이 시에서 그와 같
은 제스처를 "해가 없는 춤"으로, "세계를 잠시 잊어버리는

것"으로 표현합니다. 그렇게 함으로써 그는 "속속 바람구멍
이지만/속속 바람구멍이 보이지 않는/그래도 정적만이 한
명씩 이름을 호명해 주는" 경지에 접어들 수 있기 때문입니
다. 어쩌면 이것은 최종적으로, 그리고 태초부터 그가 부르
고자 하였던 노래가 아닐까 싶습니다. 이러한 노래가 대상
을 실제로 여기에 소환하는 것은 아닐지라도, 그러한 노래
속에서 사라진 이들은 노래가 지속되는 한에서 '지금, 여기'
에 존재할 수 있기 때문입니다. 그리고 그가 존재하는 한에
서 나는 그를 부르는 사람으로서, 타자에 의해 호명된 이름
이 아니라 나의 '대상'을 통해 실존할 수 있기 때문입니다.
그렇기에 이 시의 이름이 펭귄들이 추위를 버티기 위해서
서로를 둘러싸고 자리를 바꿔 감으로써 서로의 체온을 지
켜 주는 습성인 "허들링"인 것은 언어를 통해 매개되는 나
와 '대상'의 관계에 대한 시적 제스처가 아닐까 싶습니다.

어쩌다 잘못 겨눈 방아쇠에 핀 꽃을
그리움이라 말하는

삼백예순날 풍랑몽으로 살던 신성

눈 감으면 햇심장 박동에 등 떠밀리는 아라크네를
우리는 스프링이라고 했다

웅크린 추억까지 스무 살로 선셔 내

만장일치로 수작을 부리는 봄, 만우절 같은

　어쩌면 시인이란 눈앞의 현실보다 기억해야만 하는 시간
과 대상을 향해 스스로를 몸 기울여 있는 존재인지도 모르
겠습니다. 그렇게 하기 위해서 스스로를 불행에 노출시키
고, 추위를 감내하고, 스스로의 존재가 무너질지 모를 위험
을 감수하면서도 언어를 향해 스스로의 경계를 자꾸만 확
장시키려고 하는 것이겠지요. 차마, 지금을 바라보는 눈과
말로는 표현할 수 없는, '내'가 '나'였던 그 시간을 위해서 거
듭 사라진 '대상'을 '나'의 노래를 통해 이곳에 현전시킴으로
써 말입니다. 그렇다면 이러한 '파랑'의 바다는 외로움의 공
간이면서, 동시에 그러한 외로움으로부터 누군가를 절실하
게 현전시키는 존재의 바다가 아닐까 싶습니다. 우리가 외
로움을 강하게 감각할수록 누군가를 향한 애타는 마음이
보다 구체적으로 나타나듯이. 우리의 그리움이 그 속에서
몸을 얻어 선연해지는 순간, 나의 과거가 되어 버린 누군
가가 선명한 파랑의 색채로 나의 눈앞을 물들이듯이 말입
니다. 그러니 이 바다에서, 시인의 언어는 지금도 뭉쳤다가
흩어지길 반복하며, 어떤 냄새와 기척을 향해, 어떤 겨를을
향해 계속해서 확장되고 있는 것이 아닐까 싶습니다. 그렇
다면 이 파랑의 바다는 외로움의 바다이면서, 그러한 외로
움을 통해 '당신'을 호명하는 길고 긴 애도의 작업이 아닐까
요. 나의 몸이 얼어붙어 무너지더라도 완수되어야만 하는

길고 긴 애도의 작업……. 비록 이것이 나 자신의 모든 것을 걸어야만 수행될 수 있는 작업이라고 할지라도, 나의 언어를 무너뜨려야만 가닿을 수 있는 언어의 세계라고 할지라도, 그의 언어는 계속해서 표면의 경계를, 수면을 찰방이고 있을 것입니다. 그러니 우리가 해야 할 일은, 그렇게 찰방이는 의미의 표면을 바라보는 것이 아니라 그 속에 손을 깊숙이 넣어 보는 것, 그리하여 그 물성을 손으로 헤아려 보는 것이 아닐까 싶습니다.